LES TROTTINOU
en pique-nique

Texte et illustrations de Cyndy Szekeres

Texte français de Catherine Delisle

ISBN 2-7192-1517-1
Edition originale ISBN 0-307-11988-2 publiée sous le titre A BUSY DAY
par Western Publishing Company, Inc., Racine, Wisconsin, U.S.A.
© 1989 by Cyndy Szekeres. Tous droits réservés.
© 1990 by Editions des Deux Coqs d'Or, Paris, pour la traduction en langue française.
Edition en langue française publiée en accord avec Western Publishing Company, Inc., Racine, Wisconsin, U.S.A.
© 1993 Hachette / Deux Coqs d'Or

DEUX COQS D'OR

Papa s'est levé très tôt ce matin.
Il a pris son petit déjeuner,
et il a mis le linge à sécher.
Il s'en va maintenant
chercher des objets pour décorer la maison.

Grand-Frère et Grande-Sœur bâillent et s'étirent.
Petit-Trot' s'assoit dans son berceau.
Il attend un câlin.

Comme les petits Trottinou ont faim !
Ils mangent de bon appétit
leur petit déjeuner.

Grand-Frère, Grande-Sœur et Petit-Trot' s'habillent.
Maman brosse leur fourrure.

Les petits Trottinou vont jouer dehors.
Pendant ce temps, Maman s'occupe du jardin.

Tout à coup, il se met à pleuvoir.
Les petits Trottinou s'abritent sous un champignon.
Ils chantent en attendant le soleil.

Grand-Frère chante : « Meunier, tu dors. »
Grande-Sœur fredonne : « Frère Jacques. »
Petit-Trot' crie : « Joyeux anniversaire ! »

Le soleil revient.
Maman étale le pique-nique sur le champignon.
Des noisettes, du gâteau aux mûres !
Hmm ! Quel festin !

Les petits Trottinou jouent tout l'après-midi.
De temps en temps, ils aident leur maman.
« Voilà Papa ! » s'écrie soudain Petit-Trot'.
Papa rapporte de merveilleux objets
pour la maison.

Le soir, Papa, Grand-Frère et Grande-Sœur
préparent une délicieuse crème à la framboise.
Maman fait de la couture.
Petit-Trot' coupe du fil avec ses dents.

Les Trottinou se régalent :
le repas est délicieux !

Grand-Frère et Grande-Sœur
prennent un bain bien chaud avant de se coucher.
Ils jouent avec la mousse.

Petit-Trot' pleure, car il est fatigué.

Les petits Trottinou sont dans leur lit.
Papa leur raconte une belle histoire.

Les Trottinou s'endorment tour à tour :
d'abord Petit-Trot',

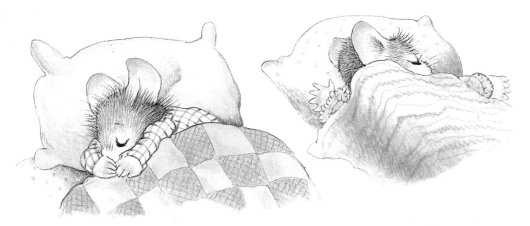

puis Grand-Frère et Grande-Sœur,

enfin Papa et Maman.
La journée a été bien remplie !

Bonne nuit, les Trottinou !

Loi n° 49-956 du 16 juillet 1949 sur les publications destinées à la jeunesse
Dépôt légal : n° 2062 Janvier 93 - Imprimé en Italie par SPADA